I0686591

ESSAIS

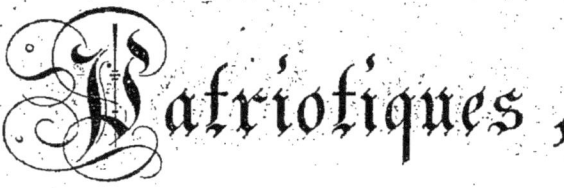

Patriotiques,

PAR UN

Contribuable du Canigou,

DÉSIREUX DE PERDRE L'ANONYME.

Perpignan,

J. ALZINE, IMPRIMEUR-LIBRAIRE,

LASSERRE, AY, TASTU, LIBRAIRES.

1831.

IMPRIMERIE DE J. ALZINE.

ESSAIS

PATRIOTIQUES,

PAR UN

Contribuable du Canigou,

DÉSIREUX DE PERDRE L'ANONYME,

> Ma muse cherche l'équilibre
> De la muse de Béranger ;
> Il voulut rendre l'homme libre,
> Moi, j'aspire à le soulager.
>
> (L'AUTEUR : *Spécimen de son Journal.*)

Perpignan,

J. ALZINE, IMPRIMEUR-LIBRAIRE,

LASSERRE, AY, TASTU, LIBRAIRES.

JUILLET 1831.

Avant-Propos.

Dans un discours préliminaire
Que dire de *neuf*, cher lecteur !
Qui puisse t'éclairer, te plaire,
Et te bien dépeindre l'auteur.

De mon mobile patrimoine
Je n'ai plus, en réalité,
Que des couplets en Macédoine
D'une riche stérilité.

S'il s'y trouve quelque cheville,
Lecteur ! tu dois être indulgent.
Étant forgeron de famille,
Je trahis mon premier talent.

1**

Ma Muse n'est pas bien précoce;
Car elle couva les petits,
Éclos au dessert d'une noce,
Durant huit lustres accomplis.

—

Nous étions trois fois douze à table :
Ma bouche se mit en caquet
Quand Bacchus, exhumé du sable,
Chatouilla son palais gourmet.

—

Mon improvisé badinage
Plut aux convives étonnés,
De se voir, suivant leur image,
L'un après l'autre, dessinés.

—

J'ai bien encore, dans ma vie,
Fait quelques légères chansons,
Et rimé quelqu'allégorie
Qui sommeillent dans mes cartons.

—

Mais ce n'est pas ici la peine
De les produire à la clarté :
Sachons si le fruit de ma veine
Est digne ou non d'être goûté.

—

A quoi bon ouvrir ma carrière
Par des particularités,
Si tu dois fermer la paupière
A d'importantes vérités ?

Tout-beau donc, ma Muse bavarde !
Suivant les leçons de Boileau,
Sur les sujets que je hasarde
Passe et repasse le rouleau.

———

Si, dans le fait, ma marchandise
N'a pas une grande valeur,
Prouve, pour la rendre de mise,
Que je fus jadis lamineur.

———

Imite maint feseur illustre
De qui l'art et l'adresse font
Qu'en faveur d'un superbe lustre
On est aveugle sur le fond.

———

Si tu vois que le monde accueille
Ta brochure, d'un air poli,
Alors, ouvrant ton porte-feuille,
Tire tes enfans de l'oubli.

———

Dis, dans une belle préface,
En termes pleins d'ambition,
Que l'on verra tout ton Parnasse
Dans ta seconde édition.

———

Dis que tes vers, par modestie,
Jusqu'alors dans l'ombre restés,
Vont bientôt faire leur sortie,
Revus, corrigés, augmentés.

Mais, sache avant, si ton Libraire
A, d'un grand débit enchanté,
Vendu l'édition première
Épuisée en réalité.

—

N'augmente pas la synagogue
Qui veut, au public endormi,
Prouver que ses vers sont en vogue,
Comme ceux de Barthélemy.

—

L'Hélicon est une montagne
Qu'Apollon a fait escarper :
Lisse comme un mât de cocagne,
Peu de gens peuvent y grimper.

—

Un sur mille arrive, avec peine,
Au sommet où sont les appâts ;
Mais que d'écrivains hors d'haleine
Montent pour retomber en bas !!

—

Il est à craindre qu'à ton âge
Tu ne sois parmi ces derniers.
D'ailleurs que faire, après l'ouvrage
Du cygne de nos chansonniers ?

—

Béranger garde le silence,
Imite-le.—Mais qui t'a dit,
Qu'en refoulant son éloquence
Il n'écoute point son dépit ?

Rien ne rebute, rien ne lasse
L'auteur qui croit toucher au but,
Que de voir tomber dans la nasse
Ceux dont il a fait le salut.

———

Béranger n'a plus rien à dire
Aux gens d'avant, d'après Juillet;
Ils ont (s'ils daignent encor lire)
Leur leçon dans chaque feuillet.

———

Moi, (vû que le corps politique,
Est comme un modèle vivant
Dont chaque membre académique
Retrace un portrait différent,)

———

Bien que la foule assiège, encombre
La salle du palais des arts,
Je veux, à mon tour, faire nombre,
Et tenter aussi les hasards.

———

Mes premiers chants, je le répète,
Datent de l'époque, où je vis
Applaudir à ma chansonnette
Et mes parens, et mes amis.

———

Depuis, écrivain Démocrate,
Et par le fisc brutalisé,
J'ai rassemblé, date par date,
Tout ce que j'ai poétisé.

Je laisse maint sujet posthume
Dans la poussière et le repos.,
Et lance ce petit volume,
Pour profiter de l'à propos.

Si mes couplets, avec ivresse,
Etaient lus par les amateurs,
D'autres gémiraient sous la presse
Après l'œuvre des Electeurs.

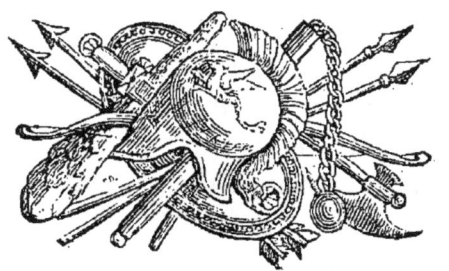

L'Appel.

AIR : *Le premier Pas.*

(Août 1830.)

Appelez-nous! ô Nestor de nos braves!
Vous qui deux fois brisâtes les verroux
Qui retenaient nos libertés esclaves!!
Pour délier à *jamais* nos entraves,
Appelez-nous, appelez-nous!

Appelez-nous! vengeurs de notre gloire
Si les tyrans sont encor près de vous!
Quoi! vous placer au temple de mémoire
Seuls? avec nous partagez la victoire!
Appelez-nous, appelez-nous!

Appelez-nous! si nos lâches despotes
De l'étranger vont armer le courroux.
Appelez-nous! de nos cœurs patriotes
Il sortira mieux encor que des votes,
Appelez-nous, appelez-nous!

Appelez-nous! si la rive Africaine
Du léopard fixait les yeux jaloux!
Quand Duperré, Lamarque(*), Berthézène
Rendront durable une conquête vaine,
Appelez-nous, appelez-nous!

(*) Le bruit avait couru que Lamarque irait commander à Alger.

Appelez-nous, si quelque *grand parjure*
Forçait le peuple à fléchir les genoux;
Si, (dans l'oubli de sa large blessure)
La vérité devenait imposture,
Appelez-nous, appelez-nous!

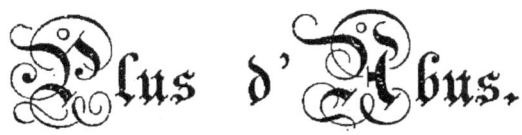

Plus d'Abus.

AIR : *Encore un jour de Plaisir.*

(Septembre 1830.)

Depuis la fin de Juillet,
Du très-glorieux an trente,
Le Ministère est parfait,
Et remplit bien notre attente.

A bas les Rois absolus!
Vive notre ère nouvelle!
A bas les Rois absolus!
Nous ne verrons plus d'abus.

Les braves qui, les premiers,
Affrontèrent la mitraille,
Ne couchent plus aux greniers
Sur des *matelas* de paille.
A bas! *etc.*

Les généraux de vingt ans
Qui guidèrent nos bannières,
Ont *tous* reçu des rubans
Orgueil de leurs boutonnières.
A bas! *etc.*

Les bons Français à Paris
Accourent de la province
Pour venir offrir *gratis*
Leurs services à leur Prince.
    A bas! *etc.*

Aussi Guizot fait *sans frais*
Ses nombreuses écritures;
Il a cent mille Préfets
Pour quatre-vingt préfectures.
    A bas! *etc.*

Pour faire valoir nos droits
Aux rives de la Tamise,
Philippe a des hommes *droits*
Et non des hommes d'église.
    A bas! *etc.*

Grâces à nos trois grands jours,
Les ignorans mis en fuite,
Sont remplacés au concours,
Par des sujets de mérite.
    A bas! *etc.*

Les avocats du Parquet
Ont un grand fonds d'éloquence,
Car beaucoup, jusqu'en Juillet,
Avaient gardé le silence.
    A bas! *etc.*

Nos Députés, pour garants,
De leurs voix incorruptibles
Se placent eux, leurs parens
Aux postes inamovibles.

    A bas! *etc.*

Des professeurs libéraux
Remplacent les pépinières
Des lugubres étourneaux
Qui peuplaient nos séminaires.

    A bas! *etc.*

Au lieu de droits réunis
Dont l'exercice tourmente,
Nous ne paîrons aux commis
Qu'un simple droit de patente.

    A bas! *etc.*

Enfin, dans mon beau pays,
Plus de préjugé, de ligue!
On n'a plus rien à Paris
Par faveur ni par intrigue.

    A bas! *etc.*

Mieux vaut tard que Jamais.

AIR : *Dans un pays que chacun doit connaître.*

(Octobre 1830.)

Cédant enfin à notre impatience
Après trois mois on les a révélés,
Ces lents projets couvés dans le silence,
Baume tardif pour des corps mutilés.
Nous verrons donc nos héros populaires,
Jouir enfin du tribut des Français,
De ce tribut payé sans garnisaires,
   Mieux vaut tard que jamais.   (*bis.*)

Vit-on Paris rêver douze semaines?
Non : il dompta les tyrans dans trois jours,
Et les enfans de la nouvelle Athènes
Hier encor attendaient nos secours.
La faim peut-être — à l'hôtel honorable
Des fils de Mars on leur ouvre un accès,
La nation leur payera la table.
   Mieux vaut tard que jamais.   (*bis.*)

Vers les tombeaux un oublieux silence
Suit nos *tués* dignes du Panthéon;
Nous connaissons, par leur cri de clémence,
Ceux qu'ont meurtri le fer et le canon...

. . . .

Cesse, Mauguin, d'exciter nos alarmes!
A l'avenir aux vainqueurs de Xerxés
Avec honneur on portera les armes.
    Mieux vaut tard que jamais.   (*bis.*)

A peine au jour notre ingrat Ministère,
(Choix spontané fait par la Nation),
Ose traiter un congrès populaire
De club , enfant de la sédition ?

. . . .

Plus de murmure!... introduisant l'instance,
Notre avocat à gagné son procès;
Et Casimir a rassuré la France,
    Mieux vaut tard que jamais.   (*bis.*)

L'essaim piqué dont la vaillante audace
A de son sein repoussé les Frelons,
Verrait encor accaparer la place
Par des guépiers qui mangent ses rayons?
Ainsi pour toi, laborieuse abeille
Tu ne fais pas ton miel—mais je me tais;
Confions-nous au Roi qui tout surveille;
    Mieux vaut tard que jamais.   (*bis.*)

Qui brisera la coupe enchanteresse
Dont l'ambroisie enivre le pouvoir?
Et quel Sully verra, plein de noblesse,
Notre toison, sans jamais s'émouvoir?
Quand nos dragons du parc des Hespérides
Garderont-ils le fruit, sans nul excès?
Puisse le tems les rendre moins avides,
    Mieux vaut tard que jamais.   (*bis.*)

Vous dont le front brille d'une Auréole,
Consolez-vous, immortels écoliers!
Laissez ailleurs détourner le pactole!
Consolez-vous, riches de vos lauriers.
En attendant, qu'une main tutélaire
De nos impôts vienne alléger le faix,
Et que les fils travaillent pour leur mère!
Mieux vaut tard que jamais. (*bis.*)

Le Contribuable du Canigou.

Mosaïque hebdomadaire, critique et rimée du 19.e *siècle.*

(Novembre 1830.)

PROSPECTUS.

Afin que le public l'accueille
Et l'honore de sa faveur,
Je fais précéder cette feuille
Par le spécimen de rigueur.

Pour éviter la divergence,
Pour l'unité d'opinion,
De ce journal, sans assistance,
J'entreprends la rédaction.

Aussi, quand la dame censure,
(ou Persil) vendra mon gérant,
Le substitut d'une main sûre
Attaquera le *vrai* garant.

2

Le grand but que je me propose
Est de corriger les *travers ;*
On ne peut les guérir en prose ,
Je veux les démasquer en vers.

Ma muse cherche l'équilibre
De la muse de Béranger :
Il voulut rendre l'homme libre ,
Moi, j'aspire à le soulager.

Le peuple , avant quatre-vingt-treize
Sous la dîme marchait voûté ;
Il n'est guère plus à son aise,
Depuis qu'il a sa liberté.

Je n'ai, pour ouvrir ma carrière ,
Rien , ou presque rien amassé;
L'avenir est riche en matière,
Pour peu qu'il ressemble au passé.

Cette feuille fera merveille
Si, dans un lucide examen ,
Je fais, des fautes de la veille,
Mon article du lendemain.

Le monde sera mon théâtre ,
Les événemens mes auteurs ;
Le noble, le bourgeois , le pâtre,
Tour-à-tour seront mes acteurs.

Si le projet que je médite
Réussit à ma volonté ,
En place on verra le mérite
Et l'ignorance de côté.

Ces êtres de gomme élastique ,
Thuriféraires du pouvoir ,
Dans ma *royale république*
N'auront plus en main l'encensoir.

Le vote du contribuable,
Ne choisira plus le tribun,
Qui paye un cens considérable
Et qui n'a pas le sens-commun.

Pour le seul bonheur de la France
Nos éligibles parvenus ,
Feront de grands frais d'éloquence ,
Non pour enfler leurs revenus.

Un bon Français au ministère,
Aura mis à peine le pié ,
Que, honteux d'un trop gros salaire
Il le réduira de moitié.

Dorénavant Messieurs les Membres
Des diverses commissions,
Feront leurs rapports aux deux Chambres
Avant la fin des cessions.

Au lieu d'attendre la clôture
De peur d'essuyer un rejet,
Le Ministre, dès l'ouverture,
Fera discuter le budget.

Qu'importe que le Ministère,
Nous donne Romain ou Méchin,
Lorsque le même garnisaire
Porte le même bulletin?

A leur demeure épiscopale,
Les vrais disciples de Jésus,
Auront des livres de morale
Et non des trésors de Crésus.

Désormais, les sous-préfectures,
Ne serviront plus d'escabeaux,
A de brillantes Créatures
Qui sont loin d'être des flambeaux.

Afin que les juges en veste,
Que guide la simple raison,
Des interprêtes du digeste
Atteignent le diapason,

On paiera, dans chaque village,
Un professeur national,
Pour expliquer en tout langage,
Les motifs du code pénal.

Au sein des villes principales
On placera des cours normaux,
Des écoles municipales
Pour former des municipaux.

L'âme pieuse et charitable
Aura la satisfaction,
De savoir l'emploi véritable
Du fruit de la souscription.

Les bons pasteurs, dans leurs paroisses,
Obtiendront des fonds spéciaux,
Afin d'adoucir les angoisses
Du pauvre couvert de lambeaux.

Par Leroy ni sa médecine,
Les peuples, loin d'être tués,
Bientôt, dans la ronde machine,
Seront tous bien *constitués*.

Son talent seul fit Pair mon père,
Je suis un sot (sans me flatter).
Je serais Pair héréditaire
Et n'aurais su le mériter ?

Parisiens ! qui vous montrâtes
En héros au mois de Juillet,
Vous devrez, nouveaux Spartiates,
Vivre de cresson et de lait.

2**

Vous n'irez plus faire goguettes,
Les dimanches et les lundis,
Avec vos gentilles grisettes
Hors des barrières de Paris.

Notre Ministre des finances
A conçu le noble dessein,
(Pour guérir vos intempérances)
De tripler les droits sur le vin.

Il y trouve cet avantage,
Que les vins entreront ainsi,
(Loin d'être vendus sur la plage)
Dans son entrepôt de Bercy.

Ce n'est pas assez des ornières
Qui, malgré de gras cantonniers,
Font blanchir les rases crinières
De nos étiques limoniers.

Rouliers ! qui, de toute patente,
Nuit et jour marchiez affranchis,
Vous allez payer, en l'an trente,
La barrière comme en l'an six.

La laine, (qui des Pyrénées
Va sur les métiers de sédan,
Et retourne à lentes journées
Sur les comptoirs de Perpignan),

Pour favoriser l'industrie,
Du Nord au Sud, du Sud au Nord,
Sous le risque d'être saisie,
Payera deux droits de transport.

Les chefs de bureau de la guerre
Feront aux enchères chanter
Nos platines que l'Angleterre
Veut *à dessein* faire rater.

Ma Muse universelle et franche
Brûlant d'un feu national,
Prendra du bois de chaque branche
Pour le foyer de son journal.

Mais une chose l'embarrasse ;
Sa tâche étant de butiner
Sur tout ce que la presse entasse,
Doit-elle ou non cautionner ?

Je penche pour la négative :
Parler sur tout, ne payer rien,
Voilà notre prérogative
Sous un Potentat citoyen.

Qu'il ne craigne point la licence,
A l'heureux tems où nous vivons ;
Ce mot est odieux en France,
Même dans la loi des boissons.

Celui qui se mêle d'écrire
Et n'est pas son propre censeur,
N'a point de plus cruel martyre
Que le mépris de son lecteur.

Je veux, malin non pas acerbe,
Gai, parfois un peu médisant,
Me conformer au vieux proverbe
Châtier les mœurs en riant.

Paris ! si ta brusque bataille
Nous a donné le droit si cher
De bien vérifier la taille
Avant d'obéir à l'archer.

Nul (pas même nos ménagères)
Ne doit, sous un Roi ménager,
Au soin des publiques affaires
Désormais rester étranger.

Si je puis, ô sexe adorable,
A ma lyre t'habituer,
Au succès du contribuable
Tu voudras bien contribuer.

Et toi, premier Prince économe,
Premier Monarque libéral !
Homme vrai Roi ! Roi vraiment bon
Daigne protéger mon Journal.

es egrets.

(Décembre 1830.)

Lecteur! partage ma tristesse!
Je composais ce spécimen,
Quand la Chambre allait de la presse
Faire le critique examen.

Je croyais, ainsi que bien d'autres
Peuple! que la fiscalité
Laisserait tes nouveaux Apôtres
Dans une pleine liberté.

J'étais dans l'erreur, car la prime
Que l'on payait sous Charles dix
N'est réduite que d'un centime,
Plus petit qu'un maravedis.

Ceux qui trouvaient trop de noblesse
Dans la loi du Garde-des-Sceaux,
Ont rétabli le droit d'aînesse
En faveur de leurs vieux Journaux.

Que sert l'esprit et la science
Au journal né depuis Juillet?
S'il ne peut faire la finance,
On le traite comme un cadet.

Étant dans la catégorie
(Sauf l'esprit), des journaux ruinés,
Sans rentes, sans trésorerie
Je lègue mon titre aux aînés.

Mais si l'écrit périodique
Doit seul un cautionnement,
Raisonnons sur la politique,
A bâtons rompus seulement.

Persil eut puni, sans clémence,
Des délits commis *in*-quarto;
Je vais jouir de la licence
D'être innocent *in*-octavo.

Pour donner de la tablature
Aux sbires du Congrès fiscal,
Public! accueille la brochure
Qui va remplacer mon Journal.

#

Le Veau D'or.

AIR : *J'ai vu partout dans mon Voyage.*

(Avril 1831.)

Alleluya! Quotidienne,
Drapeau, Gazette, alleluya!!
Entonnez en chœur une antienne
Enfans déchus de Loyola!
Nos Brutus et nos doctrinaires,
Comme vous, lorgnant le trésor,
Se disputent vos Ministères
Pour sacrifier au *Veau* d'or.　　　　(*bis.*)

Si je consulte les colonnes
De leurs journaux, avant Juillet,
Le Peuple, en changeant les personnes,
Devait voir changer le Budget.
On le comprime, il se soulève;
On le frappe, il prend son essor;
Vainqueur il rengaine son glaive
Pour d'autres prêtres du *Veau* d'or. (*bis.*)

Bravo! Messieurs les philosophes;
Fiers d'avoir atteint votre but,
Taillez aussi, sur nos étoffes,
A pleins ciseaux, par préciput.
Sous vos brillantes chamarrures
Cachez le galon tricolor,
Et dans d'élégantes voitures,
Allez adorer le *Veau* d'or.　　　　(*bis*.)

C'est envain qu'à travers les ondes
Le bruit de ses nouveaux succès
A rehaussé, dans les deux mondes,
La gloire du Peuple Français.
Les bouches de la Renommée
Vont proclamer, au son du cor,
Que votre encens monte en fumée
Au tabernacle du *Veau* d'or.　　　　(*bis*.)

Ambitieux! plus d'allégresse:
L'homme que le Peuple a fait Roi,
Reçoit l'encens, mais sans ivresse;
Voit les complots, mais sans effroi.
France! compte sur sa parole!
Bientôt, aidé de son Mentor,
Philippe brisera l'idole
Et fondra *pour toi* le *Veau* d'or.

  Barthélemy,

AUTEUR DE LA NÉMÉSIS,

JOURNAL HEBDOMADAIRE EN VERS,

Air : *Encore un jour de Plaisir.*

(Avril 1831.)

Courage ! Barthélemy !
Pour soutenir ta gageure
Je t'offre nouvel ami,
Mes fonds de compte à demi.

Apollon ton confident,
Te dira que, dès Novembre,
Je voulus, d'un trait mordant,
Frapper notre vieille Chambre.
Courage ! *etc.*

Parodiant Juvenal,
Du siècle affrontant les vices,
Dans un burlesque journal
Je narguais nos écrevisses.
Courage ! *etc.*

Pour délivrer le pays
De la gent insatiable
Tu te sers de Némésis
Et moi d'un Contribuable,
Courage ! *etc.*

Charmé des justes faveurs
Dont tu jouis au Parnasse,
Je pardonne les neuf sœurs
De t'avoir mis à ma place.
Courage ! *etc.*

Jusqu'ici ma prose en vers
N'avait point vu la lumière,
Parce que j'étais aux fers (*)
Et ma Muse prisonnière.
Courage ! *etc.*

Grâce aux Ministres des Rois,
Nos magasins et nos forges
Sont, depuis plus de dix mois,
Changés en vrais coupe-gorges.
Courage ! *etc.*

Directeur non fainéant,
Sans profit et sans commande,
Je rentre dans le néant
Avec notre dividende.
Courage ! *etc.*

(*) Dans les Forges.

Des ateliers de Vulcain
Me retirant, sans pécune,
Je veux me faire écrivain
Pour aller à la fortune.
    Courage! *etc.*

Loin de voir, d'un œil jaloux,
Ta Satire hebdomadaire,
J'applaudis au beau courroux
Qui t'a rendu plagiaire.
    Courage! *etc.*

Si mon plan te souriait,
Travaillant d'après nature,
Tu ferais le grand portrait
Et moi la caricature.
    Courage! *etc.*

Les membres du cabinet
Que tu mets sur la potence,
Paraîtraient chez Martinet
En grotesque ressemblance
    Courage! *etc.*

· Je dessinerais Périer
Tenant sous clef le civisme
Aux Peuples, âpre banquier,
N'offrant que son égoïsme.
    Courage! *etc.*

L'heureux Sébastiani,
Fils bâtard de la victoire,
Vendant au vieux d'Apponi,
Son divorce avec la gloire.
    Courage ! *etc.*

❧❧

Fesant commerce de paix
D'Argout, dans sa circulaire,
Tansant de l'honneur Français,
Quiconque est actionnaire.
    Courage ! *etc.*

❧❧

L'avocat national,
Jadis, l'orgeuil de Narbonne,
Se noyant dans le canal
Ou plutôt dans la *Garonne.*
    Courage ! *etc.*

❧❧

Soult, l'émule des Anglais,
Immobile au Ministère,
Plus lourd sur le pied de paix
Que sur le grand pied de guerre.
    Courage ! *etc.*

❧❧

Le jeune Montalivet,
Malgrè ses douces paroles,
Sans pitié donnant le fouet
Aux brouillons de nos écoles.
    Courage ! *etc.*

De Rigny, notre amiral,
Laissant en paix l'Angleterre,
A bord du vaisseau Royal
Suivant le cours *de l'Isère*.
Courage ! *etc*.

Ministre des fleurs de lys
Et du Prince Populaire,
L'avide Baron Louis
Activant le garnisaire.
Courage ! *etc*.

Dupin l'aigle du parquet,
Et Député de la Nièvre,
Sur les blessés de juillet
Plaisantant comme Penthièvre.
Courage ! *etc*.

Persil aux cent yeux d'Argus,
Courant la place publique,
Pour *empoigner* nos Brutus
Promenant la République.
Courage ! *etc*.

Ainsi que toi, sans raison,
Je craindrais les lois austères ;
J'entrerai pauvre en prison
Sortant pauvre des affaires.
Courage ! *etc*.

3

Pour mépriser les verroux
Tu vois, (à part le génie,)
Combien le ciel entre nous
Avait mis de sympathie.
    Courage ! *etc.*

Le poëte Ariègeois
Est au chantre de Marseille,
Comme est un tableau bourgeois
Aux grands tableaux de Corneille.
    Courage ! *etc.*

De la muse de Méry
Pour affaiblir le veuvage,
Et seconder ton pari,
Prends la mienne en mariage.
    Courage ! *etc.*

Sa dot, à la vérité,
Ne gonflera point ta caisse,
Mais quelquefois sa gaîté
Déridera ta tristesse.
    Courage ! *etc.*

Quoi ! stimuler sans répit
Notre gouvernement lâche ?
Notre gloire et ton dépit
Doivent prendre du relâche.
    Courage ! *etc.*

Afin que de ses tuteurs.
L'honneur Français s'émancipe ,
Nos modernes Électeurs.
Sont convoqués par Philippe.
Courage ! *etc.*

Et qu'importe que d'Argout
Rogne nos droits légitimes !
La jeune France est debout
Plus forte que des centimes.
Courage ! *etc.*

Fouette rois et gouvernans
Des cordes de la satire ,
Mais , crois moi , tu dois céans ,
Tour-à-tour pleurer et rire.
Courage ! *etc.*

Les paisibles à tout prix
De notre or font bonne *chère* ;
Qu'ils consomment *nos esprits* ,
Ils feront mieux notre affaire.
Courage ! *etc.*

Ris de leur grand appétit
Et de leur *courte* victoire ,
Tel boit du vin à biscuit
Qui tôt aura du déboire.
Courage ! *etc.*

3*

Bien que d'un âge un peu mûr
Ma muse n'a de son âge,
Ni l'empire souvent dur,
Ni le revêche langage.
Courage ! *etc.*

Essaye de son hymen ;
Quant à son faible douaire
Vois plus haut le spécimen
De sa feuille hebdomadaire.
Courage ! *etc.*

 La République.

AIR : *Un jour le bon Dieu s'éveillant*

(Avril 1831.)

Un grand procès , touchant leurs droits ,
Brouille les Peuples et les Rois.
Les Peuples contre leurs censives ,
Les Rois pour leurs prérogatives ,
Font quereller des avocats ;
Mais grâce à leurs fameux débats ,
Grâce aux leçons de cette polémique
L'Europe , à grands pas , marche à la République
L'Europe marche à la République.

A Paris est le tribunal
De ce procès National.
Là , durant bien près de huit lustres ,
On vit maints Orateurs illustres ,
Soutenir le contre et le pour ;
Soudain , les mettant hors de Cour ,
Paris chassant un prévôt tyrannique
Faillit de nouveau se mettre en République.
De nouveau se mettre en République.

3**

S'il eût profité du succès
Le Peuple gagnait son procès.
Lafayette , sans résistance ,
Pouvait saisir la présidence ;
Ce *Sans-culotte* généreux
Crut nous rendre plutôt heureux,
En unissant, par un hymen civique,
Le Cadet des rois avec la République.
   Le Cadet avec la République.

      ❦

Réveillés par notre tocsin
Depuis le Tage au Pont-Euxin,
Las d'être passés par les verges,
Castillans, Polonais et Belges,
Hélvétiques , Italiens ,
Brisent ensemble leurs liens ,
Le monde ancien et la double Amérique
Boivent à l'hymen de notre République.
   A l'hymen de notre République.

      ❦

« La Charte est une vérité ,
« dit Philippe au trône porté ! »
Depuis, grâce à des cœurs d'éponge,
La vérité n'est qu'un mensonge ;
Lafayette et nos vrais amis,
Bannis , tués , ou compromis ,
En France , à Rome , en Pologne , en Belgique,
Pleurent sur l'hymen de notre République.
   Sur l'hymen de notre République.

Déjà la France était en deuil
De notre Pologne au cercueil ;
Quand, aux rives de la vistule,
La gloire remet sa férule
Dans la main d'un brave écolier
Qui, châtiant son maître altier,
Met en défaut l'Ukase Colérique
Du Czar ennemi de toute République.
  Ennemi de toute République.

Si Lafayette m'eût fait Roi,
Ce Mentor serait près de moi ;
J'éconduirais ces gens à chiffres,
Sourds comme des Joueurs de fifres,
Vautours au budget attachés,
Ainsi qu'Ouvrard à ses marchés,
Ces Généraux de qui la foi punique
Mettra tôt ou tard la France en République.
  Tôt ou tard la France en République.

La flamme de notre foyer
N'aurait rien qui dût m'effrayer.
La pureté de nos lumières
A pénétré dans les chaumières,
Chacun, sous l'égide des lois,
Veut, *libre*, jouir de ses droits.
Tel est le vœu du Français anarchique,
Et tout le secret de notre République.
  Le secret de notre République.

 L'Égalité.

AIR : *Abonnés de l'Opéra Comique.*

(Avril 1831.)

Égalité ! ! — qu'a proféré ta bouche ?
Mot insolent, rêve républicain !
— Qu'a donc ce mot qui tant vous effarouche
Salariés du peuple Souverain ?
— Ouvre plutôt nos sanglantes annales !
— Je les connais, et tout bien médité,
Loin de trembler, aux cris de nos vandales,
Je dis comme eux ; vive l'égalité ! !   (*bis.*)

Qu'a de réel la peur rétroactive
Qui, de vos cœurs, veut gagner les Français ?
Notre Nestor est l'image encor vive
De nos ayeux, fameux par tant d'excès.
Quels flots de sang, par ce grand Cannibale,
Verse en mourant la Légitimité ?
Qui protégea la *défunte* royale ?...
Ce défenseur de notre égalité.   (*bis.*)

Le Peuple objet de votre calomnie
A soif de lois, et non de votre sang :
Mangez en paix, et que nulle insomnie
Ne trouble l'œil des riches d'aucun rang.

Mais le sommeil de votre long entr'acte,
Gens du Pouvoir, est de la *cécité*.
Laissez-vous donc faire la *cataracte*,
Et revenez à notre égalité.   (*bis.*)

S'il eût voulu fouiller dans votre bourse,
Ce Peuple *gueux* eût pu, dans le grand jour,
Pomper votre or, et le rendre à la source
Où vont puiser les valets de la Cour.
Mais, au lieu d'or, ce Peuple prend des armes;
Il est *clément* dans sa *férocité* ;
Mettez un terme à vos feintes alarmes,
Souvenez-vous de notre égalité !   (*bis.*)

Au nom du Ciel et de vos Ministères,
Où mieux encor de vos *Émolumens* !
Daignez enfin secourir nos confrères,
Et vous aurez nos voix et nos sermens.
Il est pour vous agréable sans doute,
De nous sucer en toute liberté;
Mais pour *casser* plus long-tems notre *croûte*
Pensez aux jours de notre égalité !   (*bis.*)

L'égalité sourit à la nature.
Reine et Sujette, Esclaves de leurs sens,
Pour mettre au jour l'humaine Créature,
Percent les airs de douloureux accens.
Le Prince né que reçoit la douillette,
Et l'orphelin sur la paille enfanté,
Dorment plus tard sur la même couchette,
Je dis toujours : vive l'égalité !   (*bis.*)

Égalité !!! Pourquoi la même aisance
N'a-t-elle pas accueilli ces mortels ?
— C'est que le *fort*, avide d'opulence,
Veut que le *faible* encense ses autels.
A l'avenir notre mère commune,
Choîra tous ceux qui l'auront mérité ;
Le talent seul règlera la fortune ;
Voilà comment j'entends l'égalité !   (*bis.*)

Français ! il fut le tems des privilèges !
Notre futur n'aura rien du passé :
Le Potentat, sur les bancs des colléges,
Par le Sujet est souvent surpassé.
Molière né sous les piliers des halles,
Un Caporal à l'Empire monté,
Valent au moins des *cervelles* royales ;
Je dis plus fort : vive l'égalité !   (*bis.*)

Il vient à nous le Siècle où l'industrie,
Grands et petits nous rendra fortunés ;
Où tour à tour, dans ma belle Patrie,
Les gouvernans seront les gouvernés ;
Où nous verrons les places électives,
L'honneur civil par l'honneur acquitté ;
Où les Français frais et joyeux convives,
Chanteront, *tous* : vive l'égalité !   (*bis.*)

Air : *Mon galoubet ! mon galoubet !*

(Mai 1831.)

Des restaurans, des restaurés,
Avant comme après Louis seize,
Petits par les grands dévorés ;
Des gens gueux, d'autres à leur aise ;
Des gens à pied, d'autres en chaise ;
Des restaurans, des restaurés.　　(*bis.*)

Des restaurans, des restaurés ;
C'est, en deux mots, notre historique,
Maints assureurs, peu d'assurés ;
Pendant, après la République,
Que nous offre la politique ?
Des restaurans, des restaurés.　　(*bis.*)

Les restaurans, les restaurés,
Eurent la vogue sous l'empire,
Nos dignitaires *saturés*
Vivaient dans un joyeux délire ;
Aux soldats était le martyre ;
Les restaurans, aux restaurés.　　(*bis.*

Les restaurans, les restaurés,
Sous nos deux Rois, jusqu'à la rage,
Furent suivis et décorés.
Pour préparer notre esclavage,
Charles donnait en apanage
Les restaurans, aux restaurés.　　(*bis.*)

Des restaurans, des restaurés,
Au départ de la branche *aînée*,
Nous crûmes être libérés;
Mais depuis, la branche *puinée*
A son tour est environnée
De restaurans, de restaurés.　　　(*bis.*)

Les restaurans, les restaurés
Nous ont réduits à la besace;
Malgré ses goussets pressurés,
La malheureuse populace
Est encor, pour les gens en place,
Le restaurant des restaurés.　　　(*bis.*)

Des restaurans, des restaurés;
C'est le but de tout ministère.
Les gens du Roi dénaturés
Obligeront le tributaire,
A fermer bientôt, je l'espère,
Les restaurans aux restaurés.　　　(*bis.*)

Aux Belges.

RESTEZ TOUJOURS RÉPUBLICAINS.

AIR : *Du vieux Drapeau.*

(Mai 1831.)

D'où votre grande impatience,
Belges ! pour une *Majesté* ?
Quoi ! déjà las de Liberté,
D'un Roi vous briguez l'insolence ?
Voyez-nous, crédules voisins,
Dupes des quasi-légitimes.
Croyez-moi, Belges magnanimes !
Restez toujours Républicains.　　　(*bis.*)

L'itérative conférence
Qui devait fixer votre sort,
De votre vie ou votre mort
Envain nivèle la balance.
On veut à vos cruels Tarquins
Vous livrer comme des victimes.
Croyez-moi, Belges magnanimes !
Restez toujours Républicains.　　　(*bis*)

Envain les *trembleurs* de la France
Ont, près de la reine des arts,
Des fils des Brutus, des Césars,
Délaissé, trahi la vaillance.
Sous le fer de leurs assassins
Naîtront d'autres vertus sublimes.
Croyez moi, Belges magnanimes!
Restez toujours Républicains.   (*bis.*)

Envain un Corse sans vergogne,
Rénégat de Napoléon,
Voit, gai comme un Anacréon,
Accabler la brave Pologne.
Qu'il craigne de voir de ses mains
Tomber ses *dépouilles opimes.*
Croyez-moi, Belges magnanimes!
Restez toujours Républicains.   (*bis.*)

Si de votre mère adoptive
La lâcheté retient le bras,
Tôt ou tard le Dieu des combats
Réveillant la Branche élective,
Fera fuir tous ces mannequins,
Ces conseillers pusillanimes.
Croyez-moi, Belges magnanimes!
Restez toujours Républicains.   (*bis.*)

Non que la sanglante Bellone
Soit l'Idole que je chéris;
Mais avoir la paix à tout prix?
A ces mots mon ame frissonne.

Bientôt nos *courageux* scrutins
Vengeront nos amis intimes.
Croyez-moi, Belges magnanimes !
Restez toujours Républicains ! (*bis.*)

Si les pavots de la puissance
Endormaient le Roi citoyen,
Tant que veillera le Doyen
Gardez encore l'espérance.
Malheur aux voraces requins
Que vomissent tous les régimes !
Avec vous, Belges magnanimes !
Nous nous ferions Républicains. (*bis.*)

Que Persil d'eshonore, émonde
L'arbre de notre liberté.
Cet arbre à Lutèce planté
Répand ses fruits dans l'ancien monde.
Un jour le Blanc, l'Américain
Pousseront des cris unanimes.
L'univers, Belges magnanimes !
Doit être un jour Républicain. (*bis.*)

Point de terreur, bons Doctrinaires,
Ce Brutus ennemi des Rois
Prêche pour le règne des lois,
Mais ne veut pas des lois agraires.
Philippe, notre Souverain,
Peut se rire de ses maximes
Couvrant les Peuples magnanimes
De son sceptre Républicain. (*bis.*)

Aux Électeurs !

AIDE-TOI, LE CIEL T'AIDERA.

AIR : *Et le bon Dieu vous Bénira.*

(Juillet 1831.)

Électeur vieux et moderne !
Que *l'habile* Candidat
Tour à tour caresse et berne
Avant après le mandat !
Rends-toi, sans faute, au collége,
Que tôt Philippe ouvrira,
Pour déjouer l'homme à manège
Aide-toi, le Ciel t'aidera.

Du passé prends *l'éprouvette* :
Tu pourras, par son moyen,
Distinguer l'homme à *courbette*
Du *droit*, du vrai citoyen.
Démasque dans le collége,
L'intriguant qui s'offrira,
Pour tendre encor un autre piège.
Aide-toi, le Ciel t'aidera.

Ces gens couverts d'or et d'ambre,
Chargés de croix, de rubans,
Qui, pour rentrer à la Chambre,
Avec toi prennent des gands;
Éloigne-les du Collége,
Leur bel air nous trahira :
Deviens sourd à leur sortilège.
Aide-toi, le Ciel t'aidera.

La caste Bourgeoise-Noble
Qui déserta nos drapeaux,
Qu'un Ministre de Grenoble
Couvre de vains oripeaux,
N'est plus digne du Collége,
Elle nous déshonora.
Son choix serait un sacrilège.
Aide-toi, le Ciel t'aidera.

Que l'orateur militaire
(Pour sa popularité,
Mis par son Chef doctrinaire
En disponibilité),
Soit *disponible* au Collége :
Sa bravoure secourra
Le Peuple que le Czar assiège.
Aide-toi, le Ciel t'aidera.

4

Un Français, dans ta commune,
Pauvre, dans ses jeunes ans,
A-t-il fixé la fortune,
Gagné lui-même le cens?
Fais le connaître au Collége
Qui, bien guidé, l'élira
Au lieu de l'homme à privilège.
Aide-toi, le Ciel t'aidera.

Grâce à la sténographie,
Tu connais les Députés
Qui vengent de la Patrie
L'honneur et les libertés.
Vote pour eux au Collége ;
Leur ensemble formera
Une Chambre qui nous *allège*.
Aide-toi, le Ciel t'aidera.

Cette Chambre populaire
Reconnaissant tes bienfaits,
Enlèvera la barrière
Qui sépare les Français.
Chacun admis au Collége,
Sans payer de cens, pourra
Faire que la loi le protège.
Aide-toi, le Ciel t'aidera.

Le Fils du Pair.

Air : *Le Dieu des Bonnes-gens.*

(Juin 1831)

Mon père était simple garçon d'auberge,
Au char du Noble accouplant les relais
Sous des habits et de bure et de serge,
Quand le tocsin ameuta les Français.
Eut-il pensé, cet humble prolétaire,
Au sein de l'Aigle emporté dans les airs,
S'asseoir un jour, au banc héréditaire
    De la chambre des Pairs ?   (*bis.*)

Mais sous l'habit et de serge et de bure
Respire un corps ennemi du repos,
Jeune, bienfait, et d'une trempe dure,
Un cœur d'Atlète, une âme de Héros.
A peine un trait de gloire et de lumière
Brille à ses yeux, plus vifs que deux éclairs,
Qu'il jure haine à l'Ordre héréditaire,
    Pour défendre ses Pairs ?   (*bis.*)

4.

Je les ai vus, amis ! courons aux armes !!
Qui ?—les voilà.—Mais encor !—les brigands,
Tel fut le cri qui nous mit en alarmes,
Quand la Patrie appela ses enfans.
A l'improviste un essaim volontaire
Accourt, formé de dix hameaux divers,
Et l'ennemi de l'Ordre héréditaire
   Est le Chef de ses Pairs ? (*bis.*)

Ce Chef n'avait jamais hanté d'École,
Il n'eut jamais à subir d'examen ;
Il ignorait et Vauban et Barthole,
Pour tout latin il connaissait : Amen !
On nait poëte, il nâquit militaire ;
Son nom bientôt fameux dans l'univers
Monte au niveau d'un nom héréditaire :
   Tous les hommes sont Pairs? (*bis.*)

Ses compagnons au fond de leurs refuges
Auraient vécu tout comme leurs ayeux ;
Sans l'étranger et nos *pâles* transfuges
Ils seraient nés et morts *inglorieux*.
Mais l'Emigré menace nos frontières ;
Loin de les craindre, ils fondent à travers
Les bataillons naguère héréditaires
   De la Chambre des Pairs ! (*bis.*)

On les connaît les *immenses* miracles,
Qui, de soldats issus du dernier rang,
Firent des grands, élevés aux pinacles,
Des Sénateurs et des Princes du sang.
Cicatrisé, perclus, sexagénaire,
Bariolé de vairs et contre-vairs,
Le Sénateur est membre héréditaire
    De la Chambre des Pairs.   (*bis.*)

Mais moi, son fils, vierge de cicatrices,
Qui ne bravai ni balle ni mortier,
Inoffensif ainsi que mes services,
De ses honneurs je serais l'héritier ?
Lorsque la mort aura clos la paupière
A ce guerrier glacé par les hivers,
J'occuperais sa place héréditaire
    A la Chambre des Pairs?   (*bis.*)

Non : je renie un trop noble héritage ;
J'éprouverais un regret éternel
De profiter du fruit de son courage,
Et d'un honneur purement *personnel.*
Sonne bientôt la fanfare guerrière !
De nos amis allons briser les fers !
J'irai gagner ma place *viagère*
    A la Chambre des Pairs.   (*bis.*)

Aux Maîtres de Forges.

RENONÇONS A FORGER DES FERS.

AIR : *Du vieux Drapeau.*

(Juin 1831.)

Que fesons-nous, maîtres de forges
Modérons notre ambition !
Et de l'Aude, et du Roussillon
Cessons de déboiser les gorges.
Trop fabriquer est un travers
Quand la *gêne* est dans l'abondance.
S'ils doivent enchaîner la France,
Renonçons à forger des fers.　　(*bis.*)

Pourquoi ces hautes cheminées ?
Ces cylindres précipités ?
Moulins de Londres importés
Roulant au Nord, aux Pyrénées ?
Pourquoi ces fourneaux que nos pairs
Montaient avec magnificence ?
S'ils doivent enchaîner la France,
Renonçons à forger des fers.　　(*bis.*)

Mieux valait quand notre Industrie
Avait pour *larges* débouchés,
Les cloîtres et les évêchés
Qui s'élevaient dans ma Patrie...
Pourquoi tant d'ateliers ouverts?
Pour ramper sous la dépendance??...
S'ils doivent enchaîner la France,
Renonçons à forger des fers.   (*bis.*)

L'acier se change-t-il en armes,
Sous les bras nerveux de Vulcain?
C'est pour nous frapper dans la main
Du garnisaire et des gendarmes,
Et pour enlacer l'Univers
Dans les réseaux de l'ignorance.
S'ils doivent enchaîner la France,
Renonçons à forger des fers.   (*bis.*)

Bercé d'un avenir prospère,
Sous une feinte liberté,
Dans sa lâche sécurité
Le Français court à la misère.
Vienne enfin cet *heureux revers*,
Qui doit déranger la balance.
S'ils doivent enchaîner la France,
Renonçons à forger des fers.   (*bis.*)

On le hâte l'anniversaire
Peuple ! où ton indomptable bras
Lancera ton joug *en éclats*
Au front d'un Pouvoir téméraire :
Où, modèle des Peuples fiers,
Tu dois ressaisir ta puissance.
Pour les libertés de la France,
Nous forgerons bientôt des fers. (*bis.*)

Prévenez-le ce jour *terrible*,
Électeurs !! c'est à votre choix
Que tient l'avenir de nos droits,
La fin d'une honte paisible.
Prévenez les regrets amers
Qui suivraient votre insouciance.
Que pour la *gloire* de la France,
Nous forgions encore des fers. (*bis.*)

FIN.

www.ingramcontent.com/pod-product-compliance
Lightning Source LLC
Chambersburg PA
CBHW061648180626
46818CB00003B/1014